Muñequita

ou jurons de mourir avec gloire

DU MÊME AUTEUR

Chez le même éditeur

À l'échelle humaine
coécrit avec J. Daulte et R. Spregelburd
et traduit par D. Suarez et F. Thanas

ALEJANDRO TANTANIAN

Muñequita

ou jurons de mourir avec gloire

Traduit de l'espagnol
(Argentine)
par
FRANÇOISE THANAS *et* MARCIAL DI FONZO BO

Préface
M. LANGHOFF *et* M. DI FONZO BO

LES SOLITAIRES INTEMPESTIFS

Titre original
Muñequita o juremos con gloria morir

Château La Bouloie – 1, chemin de Pirey – 25000 BESANÇON
Tél. : 33 [0]3 81 81 00 22 – Fax : 33 [0]3 81 83 32 15

www.solitairesintempestifs.com

ISBN 2-84681-102-4

Ce texte a été créé le 18 novembre 2003 au Théâtre National de Toulouse dans une mise en scène de Matthias Langhoff.

Avec Marcial Di Fonzo Bo

Décor : Matthias Langhoff
Musique : Alberto Ginastera
Construction décor : Peter Wilkinson
Peintures : Catherine Rankl
Costumes et accessoires : Arièle Chanty
Réalisation masques et corps : Anne Leray
Régie générale : Jean-François Calas
Régie lumières : Richard Gratas
Son : Matthieu Dehoux
Stagiaire mise en scène : Clémence Coconnier
Chargée de production : Coralie Barthélémy

Coproduction : Théâtre des Lucioles, Rennes / TNT Théâtre de la cité, Toulouse / Bonlieu Scène nationale, Annecy / Le Carreau Scène nationale, Forbach / Espace Malraux Scène nationale, Chambéry / Théâtre Nanterre-Amandiers, Nanterre.

DERNIÈRES NOUVELLES DE MATADEROS

Un chantier argentin de
Matthias Langhoff et Marcial Di Fonzo Bo

1.

Dans les pays du Sud, on voit souvent d'étranges maisons achevées-inachevées. Deux ou trois étages habités, avec des façades peintes, proprettes et agrémentées d'un jardin devant leur porte. Mais en lieu et place du toit sont juchés, sur les angles des murs, des piliers de béton brut à l'armature dénudée et hirsute. On contemple avec étonnement ces maisons habitées et finies, qui n'en restent pas moins des chantiers en cours. Nulle catastrophe, manque d'argent ou arbitraire d'une quelconque administration n'est à l'origine de ce type de construction. Les maisons sont ainsi prévues : finies, mais tout à fait disposées, si cela devait s'avérer nécessaire, à recevoir un nouvel étage. Lequel ne se finira pas davantage par un toit que le précédent. La beauté de ces maisons réside dans cet espoir visible : un chantier sans fin.

2.

Au début, il y a eu une tournée à Buenos Aires. J'avais adapté pour la scène *La Colonie pénitentiaire* de Kafka et l'avais montée avec Marcial dans le rôle principal. Je ne savais pas grand-chose sur l'Argentine. Je connaissais le Mexique, Cuba, et le Brésil, et je m'attendais à ce que Buenos Aires me rappelle Rio, La Havane ou Pueblo. J'avais entendu parler de la terreur et des meurtres commis par la junte militaire au pouvoir dans les années soixante-dix et quatre-vingt. Je connaissais les artistes argentins exilés, qui avaient réveillé la culture parisienne, mourant à petit feu au milieu de ses grandes gueules. Je connaissais Perón et son populisme, un admirateur de Mussolini de la famille des socio-fascites, et Evita, sa femme, que j'imaginais être une blanche-neige latino-américaine. Je suivais avec enthousiasme la Coupe du monde de football. J'adulais Maradona et vomissais ces bouchers de généraux qui, rayonnant de bonheur, interprétaient allégrement la victoire de l'équipe d'Argentine comme une génuflexion du monde entier devant eux. Je pleurais ces jeunes Argentins massacrés sur le sol inhospitalier des Malouines par la sanglante Margaret Thatcher, sous les vivats britanniques, dans un combat pour une cause absurde. *La Colonie pénitentiaire* de Kafka, cœur exotique d'une lointaine culture d'au-delà des mers : voilà comment je me figurais l'Argentine sous la botte de la dictature. Mais Buenos Aires n'était pas la ville que j'attendais. La terreur n'était pas oubliée, les mères de la place de Mai se rassemblaient toujours pour protester contre une injustice qui ne s'effacerait pas.

Mais Buenos Aires n'avait rien d'exotique ni de dépaysant. C'était une grande ville, vivante, tout à fait européenne, seulement plus vivante, plus jeune, plus intelligente, plus curieuse que l'Europe vieillissante. J'avais l'impression de retrouver ici les traces de ma vie, l'histoire de mes ancêtres, les pages du calendrier, les dates, les cartes routières, les panneaux indicateurs et les patronymes que j'avais perdus sur le continent qui était le mien.

3.

Un dimanche à Buenos Aires. Une amie actrice de Marcial nous a invités à dîner chez elle. Son mari nous a préparé l'*Asado* sur le gril, dans le jardin. La viande, les saucisses et les tripes rôtissaient délicatement sur les braises de charbon de bois. À table, nous avons parlé de théâtre. Elle du sien, nous du nôtre. Une seule et même chose. Nous mangions, nous n'arrêtions pas de manger. Jamais de ma vie je n'ai mangé pareille quantité de viande. Les steaks n'étaient pas saignants, ils étaient tendres, parfumés et parfaitement cuits à point. Depuis ce jour, je connais la saveur que peut avoir la viande. Ce fut un choc culturel. Ce repas reste dans mon souvenir comme certains paysages, ou comme les trois ou quatre représentations théâtrales qui sont gravées dans ma mémoire. Je comprenais enfin pourquoi l'Europe affamée après la dernière guerre mondiale s'était jetée si aveuglement dans les bras de l'Argentine et s'était entraînée à danser le tango ; pourquoi Mme Perón ensorcelait toutes les cours et tous les palais présidentiels avec son charme de pute ; pourquoi une chape de silence avait recouvert le fait que l'Argentine serve de nouvelle patrie aux fascistes en fuite ; pourquoi la junte militaire assassine était respectée comme facteur de stabilité et comme partenaire commercial ; on voulait *une* chose, on avait besoin d'*une* chose : la viande.

4.

En 2002, Marcial m'a donné à lire un monologue de Rodrigo García, intitulé *Borges*. Après un succès en Avignon, auquel Marcial n'était pas étranger, García était très en vogue auprès de la critique française et par voie de conséquence de ses lecteurs que sont les directeurs de théâtre, papillonnant à la recherche d'idées. Marcial avait envie de jouer un autre texte de García, j'avais pour ma part envie de comprendre ses textes indigestes. Je ne savais pas si l'effet que produisait García était dû au caractère provocateur de son travail scénique ou à ses textes, qui se cachaient derrière cette provocation. Ou aux deux. Et comme, en ce qui me concerne, je ne connais pas d'autre chemin pour résoudre de telles questions que de monter moi-même un texte ; et comme un projet avec un seul acteur n'était pas trop cher et, donc, aux yeux de directeurs de théâtre qui sont des esprits libres, dotés d'une grande valeur artistique et d'avant-garde, les circonstances étaient favorables à la réalisation du projet. Le sujet de García, son compatriote Jorge Luis Borges, écrivain, bibliothécaire, penseur universel et cosmopolite, me renvoyait à un autre pan de l'histoire argentino-européenne. Borges, le visionnaire aveugle, enterré à

Genève où il termina son existence, était l'une des idoles de ma génération. La lecture et l'admiration de ses récits fantastiques étaient quasi obligatoires. Pour une certaine gauche européenne révoltée, les textes de Borges étaient une carte de visite qui ouvrait la porte des salons. Je ne sais pas pourquoi, sans doute par une méfiance innée et exagérée à l'encontre de toutes les modes, idéologies et religions, de tous les mouvements de masse y compris intellectuels, de toutes les adorations et cultes de toute sorte, je n'arrivais pas à m'enthousiasmer pour Borges. Je parcourais ses livres et ce que j'y lisais, je m'en rendais bien compte, faisait partie de ce qu'il était bon de connaître pour suivre les conversations, mais malheureusement cela ne m'intéressait pas. À première vue, le texte de García m'a semblé un règlement de compte un peu grossier avec Borges. Avec la personne, et non avec son œuvre. J'ai lu ce monologue comme un pamphlet quelque peu infantile, avec des traits blasphématoires, qui certes m'amusaient mais me dégoûtaient aussi. J'ai lu alors *Borges* une nouvelle fois et j'ai vu qu'il méritait d'être lu. Le texte commençait à s'ouvrir à moi différemment, et d'une façon très intéressante. Le sujet de ce monologue n'est pas Borges. Il s'agit d'un autoportrait extrêmement poétique, où Borges n'apparaît que comme référence et comme maître en écriture hermétique de ce texte furieux. Le portrait psychologique que García trace de cette personne, qui n'est autre que lui-même, est sans concessions, étonnamment honnête et en recherche. Une variation sur le docteur Faust de Goethe qui, invoquant l'esprit de la terre pour se mesurer à lui, obtient la réponse suivante : « Tu égales l'esprit que tu comprends, moi, tu ne m'égales pas. » Après quoi, et suite à son suicide manqué, Faust signe un pacte avec le diable. García parle de quelqu'un qui ne peut exploiter son talent comme privilège exclusif. Quelqu'un qui cherche son alter ego adulé, veut se cramponner à lui et, une fois repoussé par celui-ci, éclate dans une rage aveugle. Tout ceci en liaison avec un pays, une ville, une famille et un représentant de ce pays, de cette ville, de cette famille. Seule issue pour échapper à l'abrutissement redouté : quitter le pays, la ville, la famille ; sans oublier, mais immunisé contre toute nouvelle influence, emprise ou dogme. Enfin être en mesure de mieux discerner l'idole. Sauf que celle-ci était là avant lui, sa voix a déjà marqué le territoire qu'il convoite. Même la place au cimetière. Son départ n'est donc pour lui qu'une forme de retour à la maison. Ce qui reste, c'est attendre ce qui vient. Abandonner le principe d'espoir. Et voir ce qui se passe.

5.

Et puisque l'auteur n'a aucune importance dans sa propre œuvre, étant toujours incorporé dans celle-ci – et tout comme, après sa disparition dans le mythe, il ne reste rien de Prométhée, lui qui soi-disant a offert le feu aux hommes pour les mobiliser contre les dieux, rien d'autre que le lieu de son martyr, majestueuses montagnes du Caucase qui méritent toujours d'être gravies et découvertes ; de la même façon il n'est resté, entre Borges et García, que ma curiosité pour l'Argentine, pour Buenos Aires, pour son histoire. Nous avons lu le rapport des expériences subjectives de García enchâssé dans des instantanés de l'histoire argentine, la terreur de junte, l'enthousiasme footbalistique au stade de Boca, la guerre pour les Malouines et bien d'autres choses. Le monologuant gagna un personnage, une histoire et un cadre de jeu très argentin. Un rêveur au travail dans un abattoir de la boucherie de son père. Un blesseur blessé.

6.

C'est Marcial qui a eu l'idée de poursuivre, plutôt que de s'arrêter. De mettre sur pied un chantier. De demander à des auteurs de Buenos Aires de la même génération que García qui ne partaient pas, qui restaient, malgré la récente catastrophe économique et financière, qui ne fuyaient pas vers des horizons où la viande argentine était encore abordable, de leur demander, donc, s'ils voulaient bien écrire quelque chose pour nous. Un monologue ou une pièce à un personnage, qui porterait un autre regard sur Buenos Aires, refléterait d'autres expériences, sensations, espoirs ou déceptions, inspirerait la nostalgie ou qui, tout simplement, serait un texte écrit à Buenos Aires. Borges devait aussi y jouer un rôle ; mais cela ne devait pas être une obligation. Dans le grand magasin du théâtre, Marcial et moi cherchions un endroit pour pouvoir continuer à nous rencontrer, sans devoir nécessairement fabriquer toujours de produits finis. Nous nous sommes mis en chemin sans temps ni espace.

7.

Dans notre recherche, nous sommes tombés sur le texte d'un auteur argentin déjà mort. *L'Enfant prolétaire*, d'Osvaldo Lamborghini. Le meurtre sexuel d'un enfant prolétaire par un groupe d'élèves de bonne famille. Un texte sombre et cruel. Poétique et douloureux. Un texte écrit comme du Pasolini, mais plus distancier. Le texte de Lamborghini, que nous avons inclus dans notre projet, est une réponse et une suite au premier texte publié par un auteur argentin. *El Matadero* / « *L'Abattoir* », de Esteban Etchevarria, paru en 1840. L'histoire d'un meurtre politique sous le règne de terreur du général Rosas, peu après la révolution de mai 1810. *El Matadero* est considéré comme le texte fondateur de la littérature argentine. C'est aujourd'hui encore le nom du quartier des abattoirs à Buenos Aires. « Dernières Nouvelles de Mataderos » est le titre de notre projet.

8.

La suite, c'est à Marcial de la raconter.

MATTHIAS LANGHOFF,
Traduit de l'allemand par Jörn Cambreleng.

9.

Après la rencontre avec Rodrigo García, je me suis senti plus proche de l'Argentine.

Et c'est avec plaisir que j'ai été rattrapé par des souvenirs d'enfance.

Jouant à nouveau en espagnol, parcourant les villes d'Espagne en tournée, la ville de Buenos Aires, où je suis né, était chaque fois plus présente dans mon esprit.

J'avais vu à Paris quelques nouveaux films argentins et la découverte d'une nouvelle génération de cinéastes me donnait encore la profonde intuition que « quelque chose » était en train de se passer maintenant, dans ce temps de reconstruction après le désastre économique de 2001. J'ai eu envie d'y retourner.

10.

Arpentant la ville, fréquentant les théâtres, retrouvant quelques amis : en quelques semaines j'ai rencontré un nombre considérable de créateurs. J'ai trouvé, dans la ville, une énergie débordante. La conviction rare que quelque chose devait enfin changer. Les gens de théâtre continuent de travailler avec rage et obstination, malgré des conditions très difficiles, ils accumulent plusieurs emplois alimentaires pendant la journée. Plus de 200 spectacles se jouent à Buenos Aires chaque soir.

C'est ainsi que j'ai rencontré Daniel Veronese. J'ai assisté chez lui (dans son salon) aux répétitions de sa dernière création *Les Biodrames*, une sorte de dogme entre plusieurs écrivains : prendre la vie de quelqu'un, de n'importe qui, et en faire une pièce pour le théâtre.

Deux autres pièces de Daniel se jouaient à Buenos Aires : *Et des femmes rêvèrent à des chevaux...* et *Open House*. J'ai également vu sa mise en scène de *Drames brefs* de Philipe Minyana, ce qui fait quatre pièces à l'affiche à lui seul. J'ai découvert une quantité incroyable de nouvelles salles alternatives, des hangars, des garages, des usines, transformés en salles de spectacle et en ateliers de travail.

Daniel fut d'accord pour participer au projet.

J'ai également rencontré Javier Daulte dont j'ai vu la dernière création *Le Vol du dragon*. J'ai retrouvé chez lui le même besoin de s'approcher du réel, en revenant avec distance et dramaturgie, à une certaine forme de naturalisme. Le projet l'a séduit aussi et quelques mois plus tard, il nous livrait un monologue *Masse* : le récit d'un jeune homme amoureux d'une vendeuse de CD qu'il finira par tuer.

La journée, je lisais les dernières parutions ; le soir, je les entendais dans les salles.

Ainsi, je suis tombé sur un texte magnifique *Un moment argentin* de Rafael Spregelburd. Je l'ai rencontré, nous avons beaucoup discuté de l'actualité, de son choix de rester en Argentine malgré la crise. De comment donner une réponse artistique à une réalité difficile. Il préparait sa dernière pièce, un feuilleton théâtral de plus de quinze heures. Il fut d'accord pour qu'*Un moment argentin* fasse partie de notre « chantier ».

11.

Alejandro Tantanian répond, de façon radicale et avec un certain baroque, à la même obsession : éveiller les esprits. Je le connaissais par quelques-unes de ses pièces que Françoise Thanas m'avait passées, et pour l'avoir croisé à Paris.

Très vite il s'est mis à écrire. Il voulut que je participe à l'écriture, en me demandant de faire quelques séances de travail avec lui. Nous nous sommes rencontrés plusieurs fois à Buenos Aires pour échanger des idées, nous nous sommes baladés dans les rues, nous avons parlé de chose et d'autre. Le travail du peintre Daniel Santoro, *Le Manuel de l'enfant péroniste* est devenu une source d'inspiration.

C'est alors que *Muñequita* est devenue une métaphore du pays, une synthèse de son Histoire. Son corps comme un champ de bataille. Un corps qui se fragmente en quête d'unité. La mémoire d'un pays volontairement amnésique.

Alejandro s'est amusé à convoquer les protagonistes de l'Histoire de l'Argentine en leur donnant la parole : José de San Martín, Manuel Belgrano, Juan José Castelli... tous ces héros de l'Indépendance dont nous apprenions par cœur les exploits à l'école. Impossible alors, d'échapper à l'incroyable histoire du cadavre d'Evita.

J'avais mis en scène à Santiago du Chili, en 2001 *Eva Perón*, la pièce de Copi avec Alfredo Castro dans le rôle titre et une distribution entièrement masculine.

12.

Evita est l'une des personnalités les plus emblématiques de notre Histoire qui, encore un demi-siècle après sa mort, produit de forts sentiments de passion et de haine. Un personnage controversé, sanctifié par les masses et répudié par les grandes familles de la bourgeoisie argentine.

Née Eva Duarte en 1919 dans une petite ville de province, elle monte à la capitale vingt-cinq ans plus tard pour devenir actrice. En 1945, le général Juan Domingo Perón est emprisonné dans l'île Martín García, et sa future épouse organise une manifestation sur la place de Mai pour demander sa libération. Elle l'obtient grâce au soutien de milliers de péronistes et devient en l'espace d'un jour l'emblème de leur cause. Elle s'appuie alors sur son idéologie nationaliste de justice sociale pour aider les pauvres. Une majorité péroniste étant obtenue lors des élections, elle se découvre une mission non pas personnelle, mais collective et concrétise le pouvoir sous la forme de l'action solidaire. Elle dénonce l'hypocrisie et les privilèges de la classe politique en Argentine. Alors qu'elle n'occupe aucune fonction officielle dans le gouvernement, le général Perón lui donne des pouvoirs supérieurs à ceux des institutions d'État. De santé fragile, elle dépasse ses forces dans sa volonté de s'imposer. Elle meurt d'un cancer le 26 juillet 1952 à l'âge de trente-trois ans, et devient une légende. Quelques années plus tard son cadavre embaumé disparaît. Commence alors une enquête macabre qui suit les traces du corps d'Evita en Espagne, aux quatre coins de l'Argentine, dans des endroits insolites et sordides. On dit même qu'il a été caché derrière l'écran d'un cinéma de banlieue où l'on projetait les grands films américains des années cinquante…

13.

De retour en France et encore en tournée avec García, je continuais à travailler avec Alejandro par courrier, pendant que Matthias commençait sa maquette du décor. On a retourné la boucherie du *Borges*, et construit la chambre froide attenante comme décor pour *Muñequita.*

Avec Coralie B. on a travaillé dans l'urgence pour mettre en place la production.

Le Théâtre National de Toulouse nous a accueillis quatre mois plus tard et, en à peine vingt jours, nous avons donné forme à cettc *Muñequita.*

Le texte de Alejandro fut un matériau à partir duquel nous avons travaillé la version scénique. Le texte ici publié est le fruit de ce travail.

14.

Pour revenir sur cette collaboration avec don Matthias Langhoff, je dirais que dans sa conception même ce « chantier » est aussi l'expérimentation d'un nouveau fonctionnement dans la production et la réalisation de spectacles.

En France on programme souvent deux, voire trois ans à l'avance, ce qui peut tuer le désir de création. Il me semble essentiel d'insister sur le mouvement inverse : laisser place à l'improviste. Les structures françaises de création sont certes des outils magnifiques, mais à l'intérieur de ces organismes la bureaucratie prend le pas sur l'artistique la plupart des fois.

Les budgets destinés aux artistes représentent un faible pourcentage du budget total, une nouvelle politique de consommation culturelle fait loi, détournant leur mission première : être au service de la création, des créateurs.

« Dernières Nouvelles de Mataderos » est en devenir.

Sa forme et son fonctionnement devront s'adapter selon les nouveaux projets.

Le collectif des Lucioles, producteur du projet, travaille dans ce sens depuis bientôt dix ans : privilégier la liberté de mouvement et l'esprit d'adaptation.

L'Enfant prolétaire de Osvaldo Lamborghini sera créé en mai prochain.

Des nouveaux auteurs nous rejoindront, un film sera réalisé à Buenos Aires avec des acteurs argentins et français. Les textes de Javier Daulte et de Rafael Spregelburd seront peut être créés la saison prochaine, ou celles à venir.

Autant de nouvelles pièces pour cette maison dont parle Matthias et que nous construisons désormais avec d'autres amis.

MARCIAL DI FONZO BO,
avril 2004.

RENCONTRE ET INTRANQUILLITÉ

Muñequita ou jurons de mourir avec gloire est le fruit d'une rencontre et d'une intranquillité.

La rencontre eut lieu dans la ville de Buenos Aires où s'étaient donné rendez-vous Marcial Di Fonzo Bo et l'auteur de ces quelques lignes, écrites sans trop de hâte mais avec une profonde joie. Marcial se proposait de donner forme à son nouveau projet. Il le fit, dans la superficie étendue de cette ville, lors de rencontres avec des auteurs qui consacrent la majeure partie de leur temps à l'écriture de pièces de théâtre à l'issue incertaine. J'étais l'un d'eux. Et la rencontre fut comme une rencontre entre deux vieux amis. L'humour, quelques repas, la température de nos cafés, des blagues et autres clins d'œil – que seuls deux *Porteños*, les habitants de Buenos Aires, peuvent percevoir – tout cela fut pour nous la preuve que cette rencontre n'avait pas été inutile et encore bien moins due au hasard. Elle fut suivie de beaucoup d'autres tout au long du séjour de Marcial dans cette ville, et le rêve grandit jusqu'à donner forme à cette pièce livrée aujourd'hui au regard de tous et à son destin.

L'intranquillité se réveille face à l'obsession de l'Argentine pour ses morts. Toute société tente d'engager un dialogue avec ses morts. C'est au moyen de cette opération qui tient de la pratique du médium que nous pouvons revisiter le passé. L'ange de l'Histoire traverse le territoire du présent, tourne le dos à ce qui est révolu. Son corps se dirige vers l'avant et son regard se loge sur les événements du passé. La marche de l'ange est éthérée : il ne se pose pas, il ne fait que survoler. Mais ici, dans ce pays, l'ange semble avoir « rasé » l'Histoire. Et les corps qu'il laisse sur son passage sont les témoins de la violence exercée depuis que cette nation cherche à exister en tant que telle. C'est donc la relation complexe et violente que l'Argentine entretient avec les corps de ses morts (ou leur absence) qui réveilla en moi cette intranquillité qui put se traduire en images et en mots. Ceux-là même qui aujourd'hui survolent – ou « rasent » – cette pièce.

ALEJANDRO TANTANIAN,
Buenos Aires, 16 septembre 2003.

Oui, voilà – je le reconnais – j'ai cessé d'exister
en moi-même.
Et c'est lui qui vit en mon âme.
Maître de toutes mes paroles et de mes sentiments,
Seigneur absolu de mon cœur et de ma vie.

EVA PERÓN,
La Raison de ma vie.

Projection [1].

« Un jour de juillet 1952, l'endeuillé arriva dans ce petit village de la province du Chaco. Il était grand, mince, avec des traits d'Indien et un visage inexpressif de masque ou d'idiot. Les gens le traitaient avec déférence, non pour lui mais pour ce qu'il représentait ou ce qu'il était déjà.
Il choisit une chaumière près de la rivière et, avec l'aide de quelques femmes du voisinage, il mit une planche sur deux tréteaux et au-dessus une boîte en carton avec une poupée aux cheveux blonds.
Puis ils allumèrent quatre bougies placées dans de hauts chandeliers et disposèrent des fleurs tout autour.
Les gens ne tardèrent pas à arriver. De vieilles femmes désespérées, des enfants stupéfaits, des ouvriers agricoles qui enlevaient respectueusement leur casque de liège. Tous défilaient devant la boîte et répétaient : "Mes sincères condoléances, mon général." Ce dernier, l'air affligé, les accueillait à l'autre bout de la table, les mains croisées sur le ventre comme une femme enceinte. Il allongeait la

---

1. Dans la mise en scène, ces textes, interprétés par l'acteur, sont projetés sur un écran, au-dessus du dispositif scénique.

main droite pour serrer les mains qu'on lui tendait, et répondait avec fermeté et résignation : "C'est le destin. On a fait tout ce qui était humainement possible." Une tirelire de ferblanc recevait la contribution de deux pesos et bon nombre d'entre eux ne se contentèrent pas de ne venir qu'une seule fois.

Quelle sorte d'homme (je me demande) imagina et exécuta cette farce funèbre ? Un fanatique, un mélancolique, un halluciné, ou bien un imposteur et un cynique ? Croyait-il être Perón en représentant son rôle geignard de veuf macabre ? Cette histoire est incroyable, mais elle est vraie et elle s'est peut-être répétée à maintes reprises, avec des acteurs différents et en divers endroits. Elle constitue le symbole parfait d'une époque irréelle et elle apparaît comme le reflet d'un rêve ou comme ce drame dans le drame que l'on voit dans *Hamlet*.

L'endeuillé n'était pas Perón et la poupée blonde n'était pas Eva Duarte. Mais Perón n'était pas davantage Perón, ni Eva Eva, mais des inconnus, des anonymes (dont nous ignorons le nom secret et le véritable visage) qui représentèrent, pour la crédule sentimentalité des faubourgs, une sordide mythologie. »

JORGE LUIS BORGES,
« El Simulacro » in *El Hacedor*.

Une morgue / le théâtre de la mémoire.
Les corps recouverts reposent figés dans leurs gestes ultimes.
Et il est là[2].
Muñequita, petite poupée on l'appelle.
Il veut être jeune.
Il l'a décidé il y a bien longtemps.

Bas résille.
Maquillage doux.
Visage satiné par une lumière qui est celle que renvoient les morts illustres.
La peau est lisse, la couche minutieuse de poudre diaphane cache des stries. La robe légère retombe avec grâce sur le corps.

Vieille Muñequita.
Muñequita sans âge.
Douce Muñequita.

2. Dans la langue originale, l'auteur emploie indifféremment le masculin ou le féminin. Pour conserver l'ambiguïté, dans le texte français le sujet (il ou elle) a souvent été supprimé.

1

Près de lui un corps sur un chariot métallique couvert ou découvert.
Comme il plaira.
De la buée sort de sa bouche quand il parle.

J'ai fait venir le corps de là-bas.
On ne peut pas rentrer au pays sans corps.
Je suis fatigué de tant de cadavres.
Ils ont transporté le corps dans un corbillard noir.
Ils l'ont promené devant le cimetière de la Recoleta.
Le cercueil était sale.
C'est dommage.
Tout était tellement soigné.
Tellement à sa place.
Mais le cercueil plein de poussière.
Sans parler de ce qui était dedans.

Rires.

Pardon.
Ce n'est pas drôle.
Il ne faut pas jouer avec les morts.
Le fait est que je n'allais pas revenir jusqu'ici s'ils ne rapatriaient pas le corps.
Je me le suis fait ramener de loin.
Et me voilà.
C'est compliqué les histoires avec la douane.

Mais tu es passée sans problème.
J'avais une peur épouvantable.
Oui, c'est ce que j'avais.
Une vieille peur, comme une peur d'hospice.
De celles qui vous parcourent le dos.
Mais quelle courtoisie, les gens de la douane.
Incroyable : tu arrives avec une dépouille des plus fastueuses et ils t'ouvrent les portes comme si de rien n'était.
Si ça avait été un petit cercueil de merde, mon cul qu'ils nous auraient laissés passer.
Mais nous avons réussi, Muñequita.
Nous avons réussi.
Nous voilà maintenant au pays.

Projection.

> « Penser le corps c'est pénétrer un territoire dans lequel s'est tissée peu à peu la trame profonde de l'Histoire argentine,
> c'est découvrir l'autre visage d'un projet de nation qui déploya sa terrible contribution de barbarie là où précisément il venait pour consolider son modèle de civilisation.
> Marques sur le corps et absences de corps qui, dans leur mutisme, disent l'indicible de nos misères et de nos violences.
> Graphies dessinant la carte d'une société qui n'a pu se soustraire à ses dettes et à ses fantasmes. »

RICARDO FOSTER,
« Les politiques du corps » in *Critique et soupçon. Les clairs-obscurs de la culture moderne.*

Quelle connerie de mourir à l'étranger.
C'est une habitude épouvantable, é-pou-van-ta-ble...
Pour moi, ça ne sert à rien.
Je veux dire, ça, d'enterrer le corps loin de son pays.
Mais c'est bien de chez nous. Il n'y a rien à faire.
Tous ces morts illustres qui vont mourir à l'étranger.
Tous ces hommes de bien.
Toutes ces femmes de science.
Tous ces intellectuels.

Son excitation va croissant.
Le récit de San Martín et Cabral le conduit jusqu'aux sommets les plus hauts du sentiment patriotique.
C'est presque un drapeau, un étendard qui parle.

Alors que ce qu'il faut faire c'est rester, merde. Prêter l'épaule, traverser les épreuves auxquelles le pays te soumet, penser cette nation, la dessiner, rendre le pays grand, l'honorer, se tenir debout, garder la tête haute, chanter l'hymne d'une voix tonnante, planter nos couleurs du côté du cœur, hisser le drapeau argentin chaque matin, penser à son soleil qui gît là, brodé entre les bandes célestes et se repose sur le blanc immaculé de notre ciel métaphorique, et chanter, chanter chanter :
Febo asoma / ya sus rayos / iluminan el histórico convento / tras los muros / sordos ruidos oír se deja de corceles y de acero / son las huestes / que prepara San Martín / para luchar en San Lorenzo /
... et se souvenir du geste du sergent Cabral se jetant dans la boue de la bataille, mêlant son corps au sang ennemi. Il offre son cheval au général San Martín, le Libérateur, car le pur-sang du général, piaffant, immense, gît dans le bourbier de la mort, il se débat

à la frontière de l'Averne. Et là, en un geste unique, avant que le destin de la patrie ne tourne, le sergent Cabral se jette de son cheval et remet l'animal au général San Martín. Il offre son corps en sacrifice. Le Libérateur, chevauchant le destrier noir de Cabral, se jette dans la bataille de San Lorenzo, et désarme l'ennemi. Le corps de Cabral gît à terre, inondé de sang, traversé par les lames ennemies. Le sergent meurt les yeux posés sur les décorations du général, le regard enivré de fumée et de sang, le corps livré aux fers des chevaux ennemis, le corps poignardé et écrasé par les pommelés, comme un ultime cadeau à la mémoire qui l'enferme dans la mort...
« Nous avons vaincu l'ennemi », dit il.

S'octroie un répit.

Inconsolable destin des héros.
Mais l'épopée se dilue entre nos doigts.
Tu vois où nous en sommes.

Aspire une bouffée d'air.
Revient alors à sa mémoire le souvenir de ses vers.
Les retrouve et décide de les offrir aux morts.
C'est pour cela qu'ils ont été écrits : pour être dits à voix haute.
Ses gestes sont timides au début mais ils se déploient à mesure qu'avance le récitatif. Le souvenir des années consacrées à la déclamation envahit son corps et lui dicte les gestes premiers pour que le poème atteigne le zénith de l'illumination.

Tournant le dos à l'Histoire
Oubliant ce qui ne doit pas s'oublier
devenus de la merde
loqueteux
pétris de douleurs
enlisés dans l'inutile
enfermés dans le banal
obséquieux avec l'étranger
voraces avec les nôtres
malades nous sommes
souffrants nous sommes
désespérés
insomniaques nous marchons sur le temps
les yeux grands ouverts
le silence des morts
nous ne l'entendons pas
ainsi nous allons
et nous continuons
Ne baisse pas les bras,
camarade
ton inquiétude est la mienne.
Je reviendrai
– disent mes rêves –
sur le fil tranchant de la mort
offerte et éveillée
entre mes mains
mon cœur sanglant
que j'offre ainsi
sur le bord incertain
de cette nuit qui tombe
– décidée –
sur le visage enfui
de la victoire.

À l'auditoire des morts.

Mon Dieu que c'est beau.
J'adore les chansons.
Mais je n'ai jamais osé chanter.
J'étais obligée de faire ce que voulait ma famille.
C'était épouvantable.
C'est ça qui m'a déréglé le crâne.

Son rêve irréalisé semble la tenir quelque peu éveillée.

Mais là-bas on peut réaliser son rêve.
Et si dans la vie on ne réalise pas son rêve... alors, qu'est-ce qu'on fait ?
C'est pour çà que là-bas...

Émotion.
Émotion de feuilleton.
Verse des larmes de mélodrame.
Se cache dans ses vêtements.
Semble vouloir dire quelque chose mais préfère se taire.
Puis bredouille quelques phrases hachées.
Et s'abandonne vaincue à la douleur du rêve irréalisé.

2

Fume.
Insomniaque.
Les yeux ronds comme des billes.
Un cahier ouvert sur les genoux.
Mordille – quand une cigarette n'envahit pas sa bouche – un crayon déjà mordillé.
Le regard – quand il ne se repose pas sur les pages griffonnées du cahier – se perd parmi les corps qui l'entourent.
Soupire.
Profondément.
Une bouffée de fumée rejetée.
Mais toujours l'élégance de ses jambes croisées.
Écrit quelque chose, la cigarette flottant sur ses lèvres.
Et dit entre fumée et silence :

> « Un beau soir, l'avenir s'appelle le passé
> et c'est alors qu'on se tourne
> et qu'on voit sa jeunesse. »

LOUIS ARAGON,
Le Nouveau Crève-Cœur.

3

Projection.

> « Muñequita complètement nue.
> Sa peau à la couleur de la putréfaction.
> Son corps semble avoir été victime de divers outrages :
> coupures et incisions dessinent la géographie du corps de Muñequita.
> Topographie de la nuit.
> Le temps passe sans s'arrêter, bouche ouverte de Dieu.
> Il parle au corps allongé, témoin de ses paroles. »

Merde. Où est ma robe de présidente ?
Sacrée fille de pute.
Putain de connasse.
J'en ai plein les couilles.
J'en ai ras-le-bol de dépendre d'imbéciles comme toi.
J'en ai jusque-là de te traîner partout comme une bosse.
Tu es une vraie plaie.
Un cancer. Voilà ce que tu es.
Et à quoi tu sers ? Bordel de merde, à quoi tu peux bien servir ? Puisque tu n'es pas foutue de faire la seule et unique chose que je te demande.
Ranger une robe.
Sacré exploit, non ?

Et on dirait que pour toi c'est la parade nationale.
Qu'il s'agit de traverser les Andes ou de livrer la bataille de San Lorenzo.
Tu devais tout simplement ranger ma robe.
Et ça prend les dimensions d'une épopée.
Connarde, crétine, imbécile.
Je ne sais pas pourquoi je me fatigue pour toi puisque tu ne sers à rien.
C'est insupportable.
Tu mérites la mort.
Oui, voilà ce que tu mérites.
Bulbe cancéreux.
Chatte syphilitique.
Parce que c'est MA ROBE, tu comprends ?
MA ROBE, À MOI, À MOI, À MOI.
Tu ne peux pas faire ce qui te chante avec MES affaires.

Alors maintenant ? Qu'est-ce que tu m'offres comme solution ? Qu'est-ce que tu veux que je fasse ? Que je sorte comme ça, toute nue ? J'ai passé toute ma vie à faire en sorte qu'on m'aime pour ces vêtements. Vêtements dont toi, espèce de tarée, tu ne sais pas prendre soin. C'est de la pure jalousie, c'est de la haine parce que tu sais que je peux les porter et pas toi. Oui, c'est ça. La haine te prend et ne te lâche pas quand tu me vois porter ma collection de robes, quand tu vois que malgré tous tes efforts tu ne m'arriveras jamais à la cheville : même si tu caches mes robes, même si tu les brûles, même si tu les offres au premier venu, jamais, tu m'entends, JAMAIS tu ne pourras être ne serait-ce que l'ombre de ce que je suis. Parce que moi, j'ai pris soin de ma vie dans le moindre détail et – tu le sais autant que moi –

l'essentiel de mon existence fut ce corps vêtu, mes lèvres peintes de rouge carmin, mes joues poudrées avec la couleur froide de la mort omniprésente, les dessous en dentelle pour les nuits consacrées aux hommes de ma vie, les jambes nues, écartées, ma main agrippée aux sexes durcis des machos qui m'emmenaient dans leur lit où j'étais ce qu'ils voulaient : la femme de passage, une marchandise ou bien l'homme qui les veillerait sans trêve, qui leur arracherait le cri primal sur des draps tachés de sang.
J'ai consacré ma vie entière à construire ce corps et ça n'a pas été une tâche facile, ça n'a pas été l'œuvre d'un jour, ça n'a été ni le fruit du hasard ni des coïncidences, non, rien de tout ça. Donc il n'est pas juste que maintenant tu t'amuses à faire disparaître mes vêtements au milieu de tous ces cadavres.
Je veux ma robe, je veux ma robe tout de suite.
C'est un ordre, espèce de merdeuse.
Un ordre.

Secoue le corps allongé sur le chariot métallique.

Tu m'entends ?
Tu m'entends, oui ou non ?

Projection.

> « Pleure sur le corps allongé.
> Les larmes font couler le maquillage de Muñequita. Sous le maquillage on voit son visage qui commence à se craqueler.
> Les larmes, de l'acide pour sa peau, glissent vertigineusement sur le cadavre qui écoute, témoin de ses paroles. »

Je veux ma robe, tout de suite.
Tu es qui, toi ?
Tu es quoi, toi ?

La résignation ne semble pas vouloir prendre place en son âme.
Ne se résigne pas – alors – à l'évidence de la mort.
Et se dissout complètement nue au milieu de la fumée de sa cigarette.

4

Se peint les ongles ou ce qui en reste.
Sa cigarette est allumée.

Je ne signifierai rien pour eux, et cependant ils iront derrière le mystère de ma mort, derrière mes restes qui pourrissent lentement dans un quelconque cimetière. S'ils me trouvent, de fraîches et hautes vagues de colère, de peur et d'amour frustré se soulèveront, de puissantes et vindicatives vagues, et pendant un instant ils ne se sentiront plus seuls, ils ne se sentiront plus comme une ombre misérable, amère et oubliée [3].

Bouffée de cigarette.
Sa peau se fend.
Son nez tombe en morceaux.
Un trou se forme.
Alors, se maquille.

« J'ai cessé d'exister en moi-même et c'est lui qui vit en mon âme, maître de toutes mes paroles et de mes sentiments, seigneur absolu de mon cœur et de ma vie. »
C'est pourquoi je suis ici.
Et je reviens, je sais revenir.

---

3. Ce texte paraphrase la nouvelle *Esa Mujer* de Rodolfo Walsh.

Autre bouffée.
Le corps est émacié.
C'est elle qui revient.

5

Se souvient du temps passé.
Porte un costume croisé.

Entière et éternelle.
Je pose un manteau d'étoiles sur l'enfant endormi.
Je porte en mon ventre une ville rêvée.

Projection.

> « Rien de plus émouvant que le souvenir qu'elle
> a laissé en chacun de nous.
> Voici sa réponse à cette mémoire :
> entourée des morts,
> les rêves ramassés en son ventre. »

6

Parcourt la morgue.
Se jette sur les corps au repos tout en scandant les vers de son poème.
Baise les lèvres froides des morts.
Leur offre, furieux, une danse finale
clair témoignage de ce qu'il fut : l'expression de ce que le temps a obtenu.
À chaque saut, perd un morceau de son corps.

Projection.

> « Se rend compte que le ton grave peut être un choix pour ce qui va suivre.
> Ne peut plus savoir maintenant si ce qu'il dit appartient à une mémoire ou s'il s'agit du fil de sa propre pensée qui se déroule au milieu des morts. »

Et nous voici, traversés par la lumière de la raison, la douleur du Christ et le silence de la patrie.
Et quand la patrie se tait, l'hymne se retire et la poésie s'écrit avec du sang.
Les mots sont maintenant gravés sur des tombes
et la musique est celle des tambours de la guerre.
La musique est celle qui réveille le silence des héros.
Il n'est rien d'épique en enfer.
Quand le temps tourne en boucle rien ne peut être, tout se répète.

Les épopées se racontent à travers le temps.
Nous, nous avons perdu le temps dans le silence.
Comme je le regrette.
Nous sommes très forts pour le drame.
Nous n'avons pas d'histoires qui perdurent dans le temps.
La forme brève, le dénouement imprévu, la tragédie étranglée dans la gorge : tels sont nos emblèmes.
Il est plus facile de regarder le pays depuis l'autre rive.
Il est plus facile de comprendre tout cela dans un corps comme le mien.
Le problème est dans les corps.

Silence.
Celui du répons.

7

Projection.

> « Voici les textes que la Révolution a laissés sur les murs.
> Le souvenir de la Révolution.
> Rêve sans rivages.
> Un hommage au sang versé. »

Les murs ont des oreilles. Vos oreilles ont des murs.
Jouissez sans entraves. Vivez sans temps morts. Baisez sans carottes.
Exagérer, c'est commencer à inventer.
Quand le doigt montre la lune, l'imbécile regarde le doigt.
Dans la Révolution, il y a deux types de personnes : celles qui la font et celles qui en tirent profit.
Ceux qui ont peur seront avec nous si nous restons fermes.
Je décrète l'état de bonheur permanent.
Sous les pavés la plage...
L'imagination au pouvoir.
Mort aux tièdes.
Patria o muerte
« *El pueblo unido jamás será vencido.* »

Projection.

« La fête des Martyrs.
Mais dans ses propos demeure la réminiscence de sa double condition.
Il n'est pas de mémoire séparée du corps.
Son corps traîne d'autres mémoires.
Inutilité de la parole.
La possible Révolution réside alors dans le résultat d'un croisement.
Il est pute et femme.
Elle est homme et souvenir du corps qui la constitue. »

Un silence des plus expressifs.
Une danse en hommage à ceux qui sont tombés.

Il y a quelqu'un ?

Projection.

« (...)
Mais on entend
montagnes et murailles
gronder d'un horrible fracas :
le pays tout entier retentit
de cris de vengeance, de guerre et de fureur.
Chez les cruels tyrans, l'envie
a craché son fiel pestilentiel
ils lèvent leur étendard sanglant
provoquant le plus cruel des combats.
(...)
Contre vous, Argentins, ose se montrer
l'orgueil du vil envahisseur,
déjà il raconte ses prouesses
piétine vos champs qu'il foulera vainqueur.

Mais vous les braves qui, unis, juriez
de défendre votre bienheureuse liberté,
à ces tigres assoiffés de sang,
de robustes poitrines vous saurez opposer.

Éternels les lauriers
que nous sûmes gagner,
et vivons couronnés de gloire
ou jurons de mourir avec gloire. »

VICENTE LOPEZ Y PLANES / BLAS PARERA,
Hymne national argentin.

8

L'histoire racontée est le souvenir de ce qui s'est passé.
Comme une autre fin à un conte de fées.
Son corps est entré dans la phase de décomposition : les marques de détérioration sont évidentes et l'odeur est insupportable.
Elle dévoile les cadavres.
Et voilà certains :

MARIANO MORENO
Gît enveloppé dans le drapeau argentin, son corps fut jeté à la mer, caché derrière l'inscription :
TANT D'EAU FUT NÉCESSAIRE POUR ÉTEINDRE UN TEL FEU.

FACUNDO QUIROGA
Assassiné dans l'embuscade de Barranca Yaco, le corps traversé par la lame de la trahison.

JUAN MANUEL DE ROSAS
Dans son exil anglais, le tyran marmonne quelques phrases contre le froid dans une langue que personne ne comprend. Puis il crie à tue-tête et meurt.

JOSÉ DE SAN MARTÍN
Mort à Boulogne-sur-Mer, en silence, les yeux plongés dans les ténèbres. Le Libérateur meurt en terres lointaines, aveugle.

Manuel Belgrano
Le jeune corps de Manuel miné par la douleur de la pauvreté.

Juan José Castelli
L'orateur de la révolution de Mai et sa mort, ô combien paradoxale : un cancer de la langue.

Les fusillés de José León Suárez
Au milieu des ordures, les corps des péronistes vaincus tombent criblés de balles.

Les morts de Trelew
Ce sont les premiers d'une série infinie de morts à venir, les disparus, 16 corps sans nom, 16 morts sans corps.

Juan Domingo Perón
Le leader, la douleur du retour, sa mort ponctuelle en juillet et la nuit qui le reçoit en héritage. Des années plus tard, quelqu'un violera la quiétude de sa mort et d'une estafilade lui arrachera les mains.

Arrivent alors des morts sans corps.

Projection.

> « Théâtre de la mémoire.
> Muñequita est ce qu'elle a voulu être mais aussi ce qu'elle n'a pas voulu.
> Raconte ce qui suit comme s'il s'agissait de sa propre histoire.
> Le souvenir de ce qui fut. »

Un jour de juillet 1952, l'endeuillé arriva dans ce petit village de la province du Chaco. Il était grand, mince, avec des traits d'Indien et un visage inexpressif de masque ou d'idiot. Les gens le traitaient avec déférence, non pour lui mais pour ce qu'il représentait ou qu'il était déjà. Il choisit une chaumière près de la rivière et, avec l'aide de quelques femmes du voisinage, il mit une planche sur deux tréteaux et au-dessus une boîte en carton avec une poupée aux cheveux blonds. Puis ils allumèrent quatre bougies placées dans de hauts chandeliers et disposèrent des fleurs tout autour. Les gens ne tardèrent pas à arriver. De vieilles femmes désespérées, des enfants stupéfaits, des ouvriers agricoles qui enlevaient respectueusement leur casque de liège. Tous défilaient devant la boîte et répétaient : « Mes sincères condoléances, mon général. » Ce dernier, l'air affligé, les accueillait à l'autre bout de la table, les mains croisées sur le ventre comme une femme enceinte. Il allongeait la main droite pour serrer les mains qu'on lui tendait, et répondait avec fermeté et résignation : « C'est le destin. On a fait tout ce qui était humainement possible. » Une tirelire de fer-blanc recevait la contribution de deux pesos et bon nombre d'entre eux ne se contentèrent pas de ne venir qu'une seule fois.

Bruit des pièces qui tombent dans la boîte en fer-blanc.

9

Tend la main.
Sa main tremble.
Son doigt tombe.
Et laisse l'os à nu.

Ça suffit comme ça. Qui a engagé ce fils de pute ? En plus d'être ici, il faut que je me retrouve entourée de cette bande de connards. Je me doutais que c'était absurde de venir jusqu'ici... Mais à quoi bon... ? Est-ce que tout ça est important au point de se crever jusqu'au dernier souffle. Hein ? Personne pour répondre ? Bien sûr, maintenant tout le monde est sourd, maintenant personne ne m'entend.
Arrêtons de déconner, bordel !

Ce qui suit est la fin.

La nuit est là. Et je n'ai pas terminé mes poèmes. Pourquoi tout ce temps à essayer de tourner les pages du livre de cette histoire ? Quelle est la raison d'un tel scandale ? Pourquoi ce feu ? Les flammes et le silence sur mon corps. Je demeure dans la mémoire des hommes. Je suis le silence face à l'évidence du monstre, je suis la pensée et le secret, je suis le couteau dans les chairs, je suis l'unique nuit qui brille, je suis le souvenir de la tourmente, je suis le bruit du tonnerre à chaque pas, je suis la maladie dans le mystère du corps, je suis le corps de la patrie, l'emblème et le pont, je suis le sol sur lequel circulent les vivants et je suis mort. Mais je ne le sais pas. Je ne le sais pas encore. Je témoigne pour les témoins. Puisque personne ne le fait. Alors, je suis le Verbe. Il y eut un abîme de silence entre le doigt de Dieu et celui de sa première créature, Adam. Il y a là un espace vide, un écho lointain de divinité. Dans cet interstice, ce fragment nu du ciel, s'enfante le Verbe. Une fleur qui n'appartient à personne. La rose de personne.

Son corps se défait.
Tient à peine debout.

Ceci, alors : la rose de personne.

Se rappelle ce qu'il veut.
Après tout l'acteur est souverain sur scène.

ALEJANDRO TANTANIAN,
Buenos Aires, quartier de Belgrano, Août 2003.

Achevé d'imprimer sur rotative
par l'Imprimerie Darantiere à Dijon-Quetigny
en mai 2004

Dépôt légal : mai 2004
N° d'impression : 24-0607

Imprimé en France